Le vœu de Noël

Également Par Keira Andrews

En Français

Kidnappé par un pirate
Un Daddy pour Noël
Un faux petit ami pour Noël
Lune de miel en solitaire
Huit Nuits en Décembre
Quand l'amour brille de mille feux…
Transfert à Ottawa
Au Pied du Sapin
Par-delà l'océan
Si ce n'est qu'un rêve
Rumspringa Interdit
Un Nouveau Départ
Trouver son Chez-soi
Le Voeu de Noël
Passion en Arctique
Vaincre les Ténèbres
Combattre la Marée

En Allemand

Kalter Krieg
Im Notfall
Jenseits des Ozeans
Geisel des Piraten
Codename: Valor
Testphase Valor

En Italien

Fuoco nel ghiaccio

Luna Di Miele Per Single

Il Patto Di Natale

Rapito dal Pirata

Segni d'intesa

In Capo Al Mondo

Beyond the Sea (Italian Translation)

Sogno di Natale

The Next Competitor (Italian Translation)

Valor on the Move (Italian Translation)

Test of Valor (Italian Translation)

Contro La Tenebra

Contro La Marea

Rise: Una favola gay

Una Passione Proibita

Una Nuova Vita

La Strada Verso Casa

Semper Fi (Italian Translation)

En Anglais

Contemporary

Honeymoon for One

Beyond the Sea

Ends of the Earth

Arctic Fire

The Chimera Affair

Holiday

The Christmas Deal
The Christmas Leap
Only One Bed
Merry Cherry Christmas
Santa Daddy
In Case of Emergency
Eight Nights in December
If Only in My Dreams
Where the Lovelight Gleams
Gay Romance Holiday Collection
Lumberjack Under the Tree (free read!)

Sports

Kiss and Cry
Reading the Signs
Cold War
The Next Competitor
Love Match
Synchronicity (free read!)

Gay Amish Romance Series

A Forbidden Rumspringa
A Clean Break
A Way Home
A Very English Christmas

Valor Duology

Valor on the Move

Test of Valor
Complete Valor Duology

Lifeguards of Barking Beach
Flash Rip
Swept Away (free read!)

Historical
Kidnapped by the Pirate
Semper Fi
The Station
Voyageurs (free read!)

Paranormal
Kick at the Darkness Trilogy
Kick at the Darkness
Fight the Tide

Taste of Midnight (free read!)

Fantasy
Barbarian Duet
Wed to the Barbarian
The Barbarian's Vow

Le vœu de Noël

PAR KEIRA ANDREWS

Remerciements

Merci à mes merveilleux amis et bêta lecteurs : Anne-Marie, Becky, et Jules. Et je tiens à remercier également les lecteurs qui sont passionnés par les histoires d'Isaac et de David.

Note de l'auteur

Cette histoire se déroule après *Trouver son Chez-soi*, le troisième tome de la série Gay Amish Romance.

Chapitre I

— C'EST PARFAIT !

Ils se tenaient à l'entrée d'une petite ruelle de banlieue sans issue, qui menait à une étroite étendue de terre, longeant les voies ferrées. Le cœur d'Isaac bondit. David avait raison… c'était *parfait*.

— Le garage aurait juste la bonne taille, ajouta David.

— Oui, c'est vrai. C'est presque aussi grand que la maison, constata Isaac en jetant un coup d'œil autour de lui. C'est plus calme ici au bout de la rue. Excepté pour le train, je suppose.

David sourit d'un air diabolique et se pencha vers lui. Son souffle chaud effleura la joue d'Isaac.

— Mais il ne nous dérange pas vraiment, n'est-ce pas ?

Isaac rougit. À Zebulon, il avait rêvé de s'enfuir et de prendre le train jusqu'à l'océan. Et il s'était caressé plus d'une nuit froide dans le Minnesota en entendant le grondement distant des wagons.

Après avoir vérifié l'heure sur son téléphone, David redressa le col de sa chemise sous sa jaquette.

— Elle devrait être là d'une minute à l'autre, annonça-t-il, ses yeux bleus devenant lumineux quand il était excité à propos de quelque chose.

Il fit courir sa main à travers ses cheveux sombres et épais, jouant avec les mèches qui tombaient en partie sur son front.

Ils portaient tous les deux des chemises boutonnées et de beaux pantalons, mais Isaac aurait voulu mettre une veste alors qu'il frissonnait dans la morosité de décembre.

— On est en Californie, mais il fait un froid de canard.

David prit les mains d'Isaac et les frotta pour les réchauffer, souriant.

— Ça ne fait même pas une année, et nous nous ramollissons. Pense à quel point, aujourd'hui, les dépendances doivent être froides à

Zebulon. June m'a dit qu'ils ont déjà trente centimètres de neige. Peut-être que je devrais t'offrir des gants pour Noël.

Isaac haussa un sourcil.

— Nous avons convenu de ne rien nous offrir. Nous devons économiser notre argent, ou nous ne serons jamais en mesure de déménager. Les gants que j'ai me vont parfaitement bien. Quand je me rappelle de les mettre, bien entendu.

Ils se mirent à rire.

— Yoo-hoo ! lança la voix d'une femme. Êtes-vous les garçons avec qui je dois discuter de la location ?

Une vieille femme aux cheveux roux s'avança du bout de la rue, et David agita la main.

— Oui, c'est nous !

— Je suis Margery Hunt, se présenta-t-elle en tendant sa main.

David et Isaac se présentèrent à leur tour puis elle continua.

— Je vais vous faire visiter, dit-elle en se retournant pour remonter la rue.

— Ce n'est pas là ? demanda Isaac en pointant au-dessus de son épaule.

— Oh, vous êtes intéressés par la maison ? Je

pensais que vous aviez répondu pour l'annonce concernant l'appartement du sous-sol.

Elle ouvrit un bloc-notes et le tint devant elle, en plissant les yeux.

— Il doit y avoir eu une confusion, dit David. Nous avons besoin d'une maison avec son propre garage. Nous avons vu l'écriteau « à louer » et nous avons pensé qu'il s'agissait de celle-là.

— Elle est à louer aussi, si vous le voulez, dit Margery en notant quelque chose dans son bloc-notes. L'autre maison est divisée en deux appartements, mais celle-ci ne l'est pas. Il y a deux chambres et pas de sous-sol, mais vous avez le garage. Bien sûr, le loyer est plus élevé.

Bien sûr. L'estomac d'Isaac se serra.

— De combien ?

— De mille cinq cents dollars par mois.

Isaac ne pouvait en croire ses oreilles.

— Mille cinq cents dollars par mois ? répéta-t-il.

Ils ne pouvaient pas se le permettre ! Ils devraient travailler plus dur, mais...

— Désolée, petit. C'est mille cinq cents dollars *de plus*. Trois mille dollars par mois, et ça en incluant les commodités.

— Oh, fit Isaac, voyant la même déception se refléter sur le visage de David.

— Vous voulez la voir quand même ? demanda-t-elle.

— D'accord, répondit David.

À Isaac, il murmura :

— Peut-être que l'intérieur ne correspondra pas à ce que nous voulons, de toute façon.

— Peut-être pas.

Isaac entrelaça leurs doigts ensemble, et ils suivirent Margery.

Et bien sûr, la maison était tout aussi parfaite à l'intérieur.

En dépit du papier peint défraîchi et du parquet égratigné, elle correspondait exactement à ce qu'ils voulaient. Une chambre de taille moyenne pour eux, une autre petite pièce qu'ils pourraient transformer en bureau, une cuisine et une salle de bain qui avait besoin de nouveaux carreaux et joints. Ce n'était pas le grand luxe et elle n'était pas très grande, mais elle serait à *eux*.

Isaac serra la main de son compagnon alors qu'ils jetaient un coup d'œil au garage où David pourrait facilement installer son atelier. Il y avait même une remise dans l'arrière-cour, qui aboutissait à une crête avant la voie ferrée. Elle n'était pas la *maison* de leur rêve ni quoi que ce soit d'autre. Elle était trop petite, et le voisinage était bien trop proche.

Pourtant, ils allaient devoir attendre des années avant de pouvoir acheter quelque chose pour eux, avec des terres et peut-être une grange pour l'atelier et quelques animaux. Isaac devait toujours avoir son diplôme GED, et aurait encore quatre ans d'université s'il décidait d'y aller.

Margery continuait toujours de bavarder pendant qu'elle leur faisait la visite.

— Et voilà ! Elle convient parfaitement pour un jeune couple. Que faites-vous dans la vie ?

— Nous sommes charpentiers, répondit David. Mais Isaac étudie aussi. C'est une école alternative avec des heures flexibles pour les étudiants âgés.

— Je suis toujours un apprenti charpentier, ajouta Isaac. David fait les conceptions aussi.

— Charpentiers, hum ? C'est un bon commerce. Faites-vous des meubles et des choses comme ça ?

David hocha la tête.

— J'ai eu la chance d'être très occupé depuis

que nous avons emménagé ici. Le bouche-à-oreille nous a été utile.

Et heureusement pour eux, les gens à San Francisco étaient prêts à payer des sommes astronomiques pour des meubles sur mesure, des armoires et des endroits chics nommés gazebos placés dans les jardins pour s'asseoir.

— D'où venez-vous, les garçons ? demanda Margery.

— Minnesota, répondit David.

Isaac savait qu'elle pouvait entendre leur accent allemand, mais il ne s'expliqua pas davantage. La plupart des « Anglais » – comme les Amish appelaient toute personne qui vivait dans le monde extérieur – étaient gentils, bien que certains d'entre eux aient traité Isaac et David comme des animaux de foire une fois qu'ils avaient découvert qu'ils étaient Amish. Surtout quand ils découvraient qu'ils avaient vécu dans une communauté ultra conservatrice qui n'avait même pas l'eau courante et pas un seul contact avec le monde extérieur.

Au moins, Isaac et David avaient à présent beaucoup appris et pouvaient interagir avec d'autres personnes sans être tout le temps confus.

— Le Minnesota, hein ? répéta-t-elle en souriant aimablement. Je suis originaire du Wisconsin. La famille de mon mari est de Modesto, donc nous avons fini par nous installer dans la région de San Francisco. Vivez-vous à Dublin, ou bien allez-vous emménager ici ?

— En ce moment, nous vivons en centre-ville avec mon frère Aaron et sa femme, Jen, répondit Isaac. Ils ont une maison de ville à Bernal Heights. Elle est médecin et mon frère est professeur de Maths.

Pourquoi lui racontait-il tout ça ?

Concentre-toi et va droit au but. Les gens ne veulent pas connaître l'histoire de ta vie.

— C'est super de vivre là-bas, mais nous voudrions vraiment notre propre maison, un endroit plus calme. Nous avons supposé que Dublin était bien puisque ça se trouve à l'extrémité de la ligne BART, et nous pourrons toujours nous rendre en ville.

L'annonce en ligne avait dit que ce n'était qu'à quelques pas de la station de train, mais c'était une marche de quinze minutes. Cependant, ça ne dérangeait pas Isaac.

— Alors, vous possédez deux maisons dans

cette ruelle ? demanda David.

— Trois, en incluant celle où nous vivons mon mari et moi, répondit-elle en les conduisant au bas de l'allée et en pointant le doigt en direction d'un bungalow muni d'une peinture rouge défraîchie et d'une clôture qui avait besoin d'être réparée. C'était son idée d'acheter ces maisons de location, il y a des années. Je pense qu'il est temps de les vendre et d'arrêter d'être des loueurs. Il n'est pas convaincu, et ça, même quand son dos lui fait tellement mal qu'il ne peut plus tout faire. Alors, qu'en pensez-vous ? Pouvez-vous prendre la maison ? Si vous avez des références ou quelque chose comme ça, je peux commencer à préparer les formalités aujourd'hui.

Les épaules affaissées, Isaac et David se regardèrent.

— Je pense que nous ferions mieux de voir l'appartement du sous-sol.

DAVID SE DESHABILLA, ne portant que son boxer et s'étendit sur le lit avec un soupir. Il savait qu'il devrait laisser tomber, mais il ne pouvait pas cesser de penser à la maison. Avant d'avoir celle de leur rêve, ils devaient trouver un endroit qui ferait l'affaire entre-temps. L'appartement du sous-sol que Margery leur avait montré était... bien. Mais ils auraient des voisins à l'étage, et il devrait trouver un espace à louer pour son atelier.

Il avait espéré que s'ils pouvaient trouver une maison abordable avec un garage, il pourrait économiser de l'argent qu'il dépenserait pour l'atelier et obtenir une déduction d'impôt... ce qu'il ne comprenait pas bien, mais apparemment, c'était l'avantage de travailler de chez soi. Plus important encore, il pourrait passer plus de temps avec Isaac.

Ce dernier avait travaillé d'arrache-pied entre son école et aidé David à l'atelier de charpenterie ; s'ils pouvaient travailler de la maison, tout serait plus facile. David aimait l'idée de ne plus avoir à prendre des bus bondés pour se rendre à son travail. Pourtant, ça ne valait pas la peine de déménager de la maison de ville d'Aaron et Jen jusqu'à ce que l'endroit idéal se présente. Toutefois, plus ils cherchaient, plus cela semblait impossible de trouver quelque chose dans la région de San Francisco qui serait dans leurs moyens. Même s'il avait économisé un peu pour le loyer du premier et sans doute dernier mois, ce n'était pas assez.

Appuyant une hanche mince sur le seuil de la porte de leur salle de bain, Isaac lui lança un regard lubrique.

— Ça va, vous ?

Il fit courir une main sur ses cheveux châtain, qu'il gardait courts. Après des années à avoir des coupes hirsutes, à présent, ils aimaient tous les deux que leurs cheveux soient nets et bien coupés.

David haussa les sourcils avec un gloussement. Ils ne comprenaient pas toujours les blagues qu'on passait à la télévision, mais Isaac aimait celles de la série *Friends*. Relevant ses bras au-dessus de sa tête et les laissant là, David se tortilla pour descendre un peu sur le lit.

Les yeux d'Isaac étincelèrent alors qu'il se léchait les lèvres.

— Tu le veux comme ça, ce soir ?

David hocha la tête, l'anticipation faisant frissonner sa peau alors que l'anxiété dans son torse s'évanouissait. Avec Isaac, il avait toujours été capable de lâcher prise et d'être libre, depuis la première nuit où ils avaient roulé dans un tourbillon de baisers et de soulagements désespérés sur le sol de la forêt. Quand il donnait le contrôle à son amant durant des nuits comme celles-ci, c'était comme s'il se redevenait neuf, tous les bords irréguliers étaient poncés et lissés.

Après quelques accrochages et une ruade, Isaac arriva enfin à enlever son tee-shirt et son boxer à carreaux. Il chevaucha les cuisses de David, ses testicules frottant la peau de son amant au-dessous de lui. Les lèvres entrouvertes et le souffle haletant, Isaac se pencha sur David et plaqua les poignets de ce dernier sur le matelas.

— Tu connais les règles, dit-il.

— Oui, souffla David.

Celui-ci était déjà dur.

— J'aurais voulu…, commença Isaac.

Il s'interrompit et embrassa son compagnon.

Leurs langues glissèrent l'une sur l'autre alors qu'ils ouvraient leurs bouches et s'exploraient lentement. Peu importait le nombre de fois où ils s'embrassaient, David n'en avait jamais assez. Bien que leurs baisers ne soient plus furtifs et interdits, le goût de la bouche d'Isaac et la rugosité de sa barbe faisaient toujours battre le pouls de David plus vite et enflammaient son corps comme jamais. Les petits murmures haletants d'Isaac, ses gémissements emplissant ses oreilles l'emportaient comme une vague.

Il rompit le baiser.

— Qu'aurais-tu voulu ?

Plaquant toujours les poignets de David sur le lit, Isaac se redressa. Un rougissement envahit son cou, mais il ne détourna pas le regard.

— J'aurais voulu qu'on ait notre propre lit que nous aurions fait nous-mêmes. Avec des montants.

Il indiqua la tête de lit grise suspendue au-dessus d'eux.

— Pas que celle-ci ne soit pas belle, mais je veux...

Il inspira puis expira.

— Je veux t'attacher. Seulement quand nous le faisons comme ça, et seulement si tu le veux.

Arquant les hanches, David grogna. Son membre était tendu dans son boxer.

— Ce serait... Oh oui, je pense que j'aimerais ça.

Isaac sourit et frotta ses pouces sur les poignets de David.

— Tu aurais l'air beau, en train de m'attendre

comme ça.

Son sourire disparut.

— Mais je ne veux toujours pas te frapper.

David se mit à rire.

— Je ne veux pas que tu le fasses non plus. Et je ne veux pas te frapper.

— Lola m'a dit que certaines personnes aiment se faire fouetter. Comme, pour de vrai ! Avec des fouets et des choses comme ça. Je ne comprends pas.

L'amie d'Isaac à l'école était une source interminable d'informations sur les choses que David et lui ne comprenaient pas. Elle envoyait à Isaac des liens sur le « BDSM », et ils regardaient ces vidéos sur leur ordinateur portable avec le volume baissé et les yeux écarquillés.

— Nous n'avons pas à faire quelque chose que nous ne voulons pas.

David arqua les hanches à nouveau, ayant besoin de friction et ne la trouvant pas parce qu'Isaac était toujours assis sur ses cuisses.

— Quand nous aurons notre propre maison, nous fabriquerons un lit où tu peux… tu pourras m'attacher, promit David.

Le dire à haute voix fit bondir son cœur.

Le froncement de sourcils d'Isaac disparut, et il se mordit la lèvre.

— Et tu vas t'allonger là et faire ce que je te dis, ordonna Isaac.

Il se pencha sur David, son souffle chaud effleurant son oreille.

— Quel bon garçon tu seras alors. *Mein guter junge.*[1]

Un frisson traversa David alors qu'il haletait.

— Oui…, soupira-t-il.

Même si à vingt-trois ans, il était plus âgé qu'Isaac, dans ces moments, il aimait que celui-ci prenne le contrôle.

Isaac relâcha un des poignets de David pour le caresser à travers son boxer. Son compagnon ne bougea pas, se contentant de gémir. Avec ses bras étendus au-dessus de sa tête et le poids d'Isaac sur ses cuisses, il était délicieusement piégé. Ce dernier l'embrassa durement, et la pensée d'être attaché fit bouillir son sang dans ses veines.

Ils pouvaient faire la conception des montants et de la tête du lit afin qu'il puisse être lié avec les bras joints au-dessus de lui, ou plus écartés pour

---

[1] Mon bon garçon.

être attachés au niveau des coins aussi. Des idées et des formes traversèrent son esprit, et il voulut presque arrêter ce qu'ils faisaient afin d'en faire les croquis.

Une image envahit son esprit… allongé avec les bras *et* les jambes attachés.

Gémissant dans la bouche d'Isaac, David ondula des hanches.

— S'il te plaît, Isaac, haleta-t-il.

Il ferait les croquis plus tard.

— Mais j'aime tellement quand tu es en sous-vêtements, le taquina Isaac.

Puis il céda et s'agenouilla près de David pour lui enlever le boxer.

Quand ce dernier fut nu, Isaac prit le lubrifiant du tiroir de leur table de nuit et s'avança entre les jambes de David. Ses bras toujours au-dessus de sa tête, il releva ses genoux jusqu'à ses épaules. Assis sur ses talons, Isaac sourit, faisant courir ses mains sur les fesses de son amant.

— Un si bon garçon, dit-il, puis il se pencha vers le membre de David et l'engloutit dans sa bouche.

Le plaisir envahit le corps de David alors qu'il regardait les joues de son amant se creuser. Il avait tellement de chance d'avoir ça… d'avoir Isaac. Ils faisaient toutes sortes de choses au lit, des choses que David avait rêvé de faire durant ces longues années solitaires. Il aimait baiser Isaac et être en lui. Mais parfois, c'était si bon de lâcher prise et de s'ouvrir à ce que son petit ami voulait lui faire. Il y avait toujours eu beaucoup de responsabilités, et même si Isaac et lui partageaient leur fardeau ensemble à présent, cela donnait toujours à David énormément de plaisir d'abandonner tout contrôle et d'être… consumé.

Suçant plus fort, Isaac humidifia un doigt et taquina l'entrée de son amant avant de le glisser en lui. Il le tordit, cherchant son point sensible, et quand il le trouva, David cria… bien trop fort. Isaac le caressa à l'intérieur tout en léchant son membre. David serra les lèvres, inspirant brusquement à travers son nez. Aaron et Jen se trouvaient au troisième étage de la maison, et David savait qu'ils étaient trop bruyants parfois. Ce serait fantastique d'avoir leur propre maison où ils pourraient crier et hurler sans être embarrassés, le matin. Non qu'Aaron et Jen n'aient jamais dit quelque chose.

David serra le drap-housse de ses doigts, ses

épaules commençant à tirailler alors qu'il gardait les bras étendus.

— S'il te plaît, Isaac ! gémit-il en haletant.

Avec un *pop* humide qui envoya des frissons à travers le corps de David, Isaac releva la tête. Il pressa ses paumes contre l'arrière des cuisses de son amant, rapprochant ses genoux de ses aisselles. Les yeux ambre d'Isaac étaient sombres, et il haletait durement. Ses taches de rousseur se démarquaient sur sa peau rougie.

— Que veux-tu que je fasse ?

Il grogna.

— Tu le sais.

Isaac enduisit sa main de lubrifiant.

— Tu veux… tu veux que j'enfonce ma queue en toi ?

— Oui, s'il te plaît, gémit David.

Celui-ci regarda son amant tirer sur son pré-puce, son gland rouge et brillant apparaissant et disparaissant dans son poing alors qu'il couvrait son propre membre de lubrifiant. Aucun d'eux n'était circoncis, et David en était heureux.

Il voulait chaque partie d'Isaac.

— Tu veux que je te remplisse maintenant ?

Hochant la tête vigoureusement, David tortilla son cul. Il y avait quelque chose de tellement obscène et de défendu à parler ainsi à haute voix que cela les excita tous les deux.

— Baise-moi !

Isaac se pencha à nouveau vers lui et l'embrassa durement avant de s'aligner et de s'enfoncer en lui. Aucun d'eux n'avait été avec quelqu'un d'autre, et David était tellement heureux de ne pas avoir à utiliser de préservatifs. La brûlure d'une peau contre une autre faisait recroqueviller ses orteils, le sexe d'Isaac le remplissant et l'étirant.

David voulait faire courir ses mains sur le torse d'Isaac et égratigner les poils dispersés là, mais il garda ses bras au-dessus de sa tête. Ils grognèrent quand Isaac s'enfonça complètement, ses hanches effleurant le cul de David.

— Oh, David ! gémit Isaac. *Du willst mehr, nicht, wahr ?*[2]

Oui, David voulait plus.

— *Ja. Tiefer.*[3]

Il le voulait plus profondément.

Leurs peaux claquaient l'une contre l'autre,

---

[2] Tu en veux plus, n'est-ce pas ?
[3] Oui. Plus profond.

Isaac le pénétrant et agrippant son épaule d'une main et l'autre caressant son membre.

— C'est si bon. Tu es si étroit. Et tu es à moi.

Isaac ferma les yeux et rejeta la tête en arrière, baisant David durement.

— À toi, répéta David, y faisant écho avec un grognement. Ce sera toujours toi.

— *Ich will dich so sehr*[4], murmura Isaac.

— Je te veux aussi.

Ses boules se contractèrent, et David se demanda ce qu'il ressentirait si Isaac le baisait en portant à nouveau des vêtements Amish. L'orgasme le déchira, et il cria. Isaac plaqua une main sur sa bouche, envoyant une autre vague de plaisir à travers son corps.

Il éclaboussa son torse, tremblant et enserrant le membre d'Isaac en lui. Les narines frémissantes, il haleta contre la paume de son amant.

— Je t'aime tellement. Tu es tellement bon, dit Isaac.

Ce dernier le pilonna, le regard sauvage alors qu'il arquait le dos et jouissait, la tête rejetée en arrière et la bouche ouverte dans un cri d'extase

---

[4] Je te veux tellement.

silencieux, il se déversa profondément en David.

Quand Isaac s'effondra sur lui, il retira sa main de la bouche de son compagnon et l'embrassa doucement. Ils étaient tous les deux collants et transpirants. Même après presqu'un an dans le monde extérieur, parfois, David pouvait à peine croire qu'il était là avec Isaac. Que c'était permis.

Isaac étendit ses mains pour saisir les doigts de David et baisser ses bras. Il déposa un baiser humide sur chacune de ses paumes, son souffle chaud.

— Pense juste à quel point, ce serait bon dans notre propre lit, murmura-t-il. J'aurais voulu qu'on l'ait maintenant.

Gloussant, il ajouta :

— Mais je dois être patient, je sais.

David enveloppa ses bras autour de son petit-ami et l'étreignit.

— Oui. Il semblerait que tu doives attendre.

Puis il eut une idée.

Chapitre II

—FA LA la la la ! retentit la voix d'Anna du vestibule.

— Entrez ! lança Aaron alors qu'Anna et Lola s'affairaient dans le salon portant des sacs remplis de décorations étincelantes.

David cilla en regardant sa sœur.

— Anna… tes cheveux ! C'est…

Elle tourna sa tête d'un côté et de l'autre tandis qu'elle enfouissait sa main dans ses cheveux blonds coupés.

— Parce qu'ils sont courts ? C'est appelé un… Lola, comment on appelle cette coupe ?

— Un carré, répondit Lola.

Elle avait pris Anna sous son aile. Les cheveux bruns de Lola étaient coupés dans le même style, mais elle avait des mèches d'une couleur outrageuse qui était en ce moment verte, et était différente presqu'à chaque fois que David la voyait. Il était secrètement soulagé que ceux d'Anna ne soient pas colorés. Depuis qu'elle avait eu dix-huit ans et avait quitté Zebulon cet été-là, elle avait trouvé du travail en tant que gouvernante pour une famille riche. David ne pensait pas qu'ils seraient heureux si elle s'était présentée chez eux avec des cheveux étranges. Peut-être que c'était vieux jeu, mais les cheveux blonds d'Anna étaient beaux comme ils étaient.

Anna se mordit la lèvre.

— Tu aimes, David ?

Il réalisa qu'il la fixait toujours.

— Bien sûr ! C'est très joli.

Il tendit les bras à sa sœur et l'étreignit.

— Je ne t'ai juste jamais vu avec des cheveux courts.

Elle recula et haussa les épaules.

— J'ai pensé que ça faisait maintenant six mois que je vis ici en tant qu'Anglaise, et qu'il était temps de faire bouger les choses.

Aaron et Isaac entrèrent dans le salon, amenant des en-cas. Ils saluèrent Lola et enlacèrent Anna, la complimentant sur sa coupe. David ne pouvait pas s'empêcher de se demander ce que Mère penserait des cheveux d'Anna. Elle n'apprécierait sûrement pas.

La douleur qui accompagnait toujours la pensée de sa mère et de ses autres sœurs qui vivaient à Zebulon s'abattit sur lui lourdement. Cela faisait deux mois qu'ils n'avaient plus reçu de lettres de leur famille. Ils s'inquiétaient, mais au moins, leur amie Anglaise, June, vivait près de Zebulon et les informerait si quelque chose arrivait.

Il repoussa ces pensées. Cela faisait beaucoup trop mal de penser à sa mère et à ses sœurs. Tout ce qu'il pouvait faire était de se concentrer sur sa nouvelle famille. Il embrassa Isaac légèrement, et celui-ci lui adressa un sourire interrogateur.

— Ça va ? murmura Isaac.

— Mmm… humm. Je suis juste heureux.

C'était principalement vrai.

— Isaac, je t'ai apporté ce livre que nous devions lire pour le cours d'histoire. Je l'ai fini, donc tu n'as pas à l'acheter maintenant.

Lola sortit un livre de l'un de ses sacs.

— Génial, merci !

Isaac y jeta un coup d'œil.

— Je le lirai après Noël. La Deuxième Guerre

Mondiale est vraiment triste. Il y a tellement de choses que nous n'avons pas apprises en grandissant.

Aaron ricana.

— Ouais, trop dur d'apprendre quelque chose quand ils veulent que nous restions ignorants de tout, excepté des coutumes Amish, dit-il en secouant la tête. Ne parlons pas de ça, sinon je vais finir par m'emporter, et personne ne veut ça. Allons, que la fête décorative commence !

Aaron lui offrit de la bière, mais David prit un soda. Bien qu'il ne boive plus pour s'étourdir et oublier, il faisait attention à ne pas reprendre ses vieilles habitudes. Alors qu'Anna enlevait sa veste à capuche, David remarqua que son tee-shirt était plutôt décolleté, comme celui de Lola. Sa sœur était assez mince et n'avait pas grand-chose à mettre en valeur comme l'amie d'Isaac, pourtant, sa poitrine paraissait en quelque sorte plus grande. Peut-être que c'était un de ces soutiens-gorges gonflés que les filles portaient quelques fois.

Isaac suivit son regard et eut un sourire narquois avant de se diriger vers la cuisine lumineuse, tirant David avec lui.

— Si tu continues de froncer autant les sourcils, ton visage va rester comme ça.

David se mit à rire.

— Mais tu ne penses pas que ce tee-shirt est un peu…

Il soupira.

— Je ne veux pas que les garçons se fassent de mauvaises idées sur ma sœur.

— Anna n'est pas idiote, David. Jen lui a parlé des rapports sexuels protégés. En plus, elle a dix-huit ans. Quand j'avais dix-huit ans, tu couchais avec moi. Je n'ai que dix-neuf ans maintenant. Alors pourquoi ne devrait-elle pas sortir avec des garçons et porter ce qu'elle veut ?

— Je sais, je sais, acquiesça David.

Il prit le plateau de cookies qu'Aaron avait faits. Toute la maison était embaumée par leur odeur de beurre et de chocolat, et il ne put s'empêcher de prendre une bouchée.

— C'est toujours ma petite sœur. Et si Katie sortait avec des garçons Anglais ?

Ce fut au tour d'Isaac de froncer les sourcils.

— Je vois ce que tu veux dire.

— Je ne veux pas qu'on lui fasse du mal.

Ses autres sœurs étaient loin de lui, toujours à Zebulon, et il devait faire confiance au nouveau mari de sa mère pour prendre soin d'elles. Pendant des années après la mort de son père, David avait été responsable de sa famille. Maintenant, il n'avait plus qu'Anna avec lui, et il ne la laisserait pas tomber.

— Mais tu as raison… c'est une fille intelligente. Elle l'a toujours été. Et ses cheveux sont très beaux comme ça.

— C'est vrai, renchérit Isaac. Ce n'est pas le moment de s'inquiéter, mais de répandre l'esprit de Noël à qui veut l'entendre.

— Vas-tu commencer à chanter ? demanda David en souriant.

Il y avait une chaîne de télévision qui semblait ne diffuser que des films de Noël, et au cours de la semaine, ils en avaient regardé chaque nuit.

— Je pourrais bien le faire, répondit Isaac en prenant un cookie du plateau et en souriant largement. Notre premier Noël Anglais !

David lui rendit son sourire et déposa un doux baiser sur ses lèvres.

— Peut-être que l'année prochaine, nous pourrons avoir notre propre arbre dans notre propre maison.

Aaron entra en coup de vent dans la cuisine,

ses pieds nus frappant le parquet. Avec ses yeux bleus et ses cheveux blonds, Isaac et lui ne se ressemblaient pas beaucoup, mais leur sourire était le même.

— En parlant de ça, toujours pas de chance avec la recherche de maisons ? questionna Aaron.

Il se lava les mains dans le lavabo et les essuya sur son jean avant de commencer à couper des carottes et des poivrons pour un plateau de légumes.

Isaac et David secouèrent la tête.

— Eh bien, vous savez que vous pouvez rester ici aussi longtemps que vous le voulez.

— Mais tu ne prends pas assez d'argent pour le loyer, répondit Isaac. Tu n'imagines pas à quel point ces endroits sont chers.

— Oh, j'imagine, dit Aaron en grimaçant. Les prix sont exorbitants à San Francisco. Et oui, nous prenons assez d'argent puisque nous ne voulons pas de loyer du tout. Isaac, David et toi, vous vous tuez à la tâche en fabriquant vos meubles.

Il coupa des poivrons rouges en lamelles, avec des mouvements rapides. David se demanda ce que Madame Byler penserait si elle voyait à quel point son fils était doué en cuisine. Serait-elle complètement horrifiée, ou peut-être un tout petit peu fière ?

Aaron poursuivit.

— Vous nous avez remboursés pour les choses que nous vous avons achetées quand vous êtes venus ici, les gars, et votre loyer est plus que suffisant. Économisez votre argent.

Il râpa les légumes sur le plateau avec un couteau.

— Pouvez-vous prendre les sauces du frigo et m'aider à faire rentrer l'arbre ?

Des épines de pin égratignèrent le visage de David pendant qu'il aidait à hisser l'arbre et à le fixer sur un support devant la grande baie vitrée dans le salon qui dominait la rue escarpée. Ils reculèrent tous et l'admirèrent.

— Heureusement que nous avons apporté des décorations en plus, remarqua Lola. Ça, c'est un sacré sapin de Noël !

— Ouais, sourit Aaron. Jen et moi avons toujours acheté un petit arbre, mais nous avons mis le paquet, cette année. Dommage qu'elle soit de garde à l'hôpital. Ce sera une agréable surprise pour elle quand elle rentrera à la maison.

Alors qu'ils s'affairaient à démêler les fils des

illuminations colorées, Lola demanda :

— Alors, c'est comment un Noël Amish ? Je suppose que c'est moins flamboyant et consommateur.

Ils se mirent tous à rire, et Isaac tint son pouce et l'index écartés avant de répondre.

— Un tout *petit* peu. Pas d'arbre, ni décorations, et sûrement pas de cadeaux. Habituellement, mes parents mettent des bonbons dans nos chaussures. C'est tout. Je veux dire, nous n'avions aucune décoration dans nos maisons, alors il n'y avait rien de spécial qui se passait à Noël. Nous étions supposés penser à Jésus et tout le reste.

Puis il ajouta rapidement :

— Pas que cette année, à Noël, je ne penserai pas à Jésus.

Aaron claqua une main sur l'épaule d'Isaac.

— Ne t'inquiète pas, petit frère. Tu peux profiter de tous les cadeaux et décorations à Noël. Je suis sûr que ça ne dérangera pas le Seigneur. Et même si je ne suis plus pratiquant, c'est une fête culturelle, et je peux toujours profiter de tous ses amusements. Tout le monde y gagne.

— Donc, je suppose qu'il n'y avait pas de Père

Noël qui descendait dans les cheminées au pays des Amish ? demanda Lola.

— Je n'avais aucune idée de qui était le Père Noël, dit Anna. Je ne comprenais pas vraiment jusqu'au mois dernier ; les enfants étaient si heureux de tout m'expliquer en détail. Ils étaient vraiment préoccupés de ne pas être dans la liste des gentils du Père Noël. Oh, j'ai oublié de vous dire que les Parkers m'ont donné toute la semaine pendant les fêtes, alors je peux venir et rester ici, si cela ne vous dérange pas ? Je ne saurais pas quoi faire de moi-même sans une maison à nettoyer ni d'enfants à pourchasser.

Aaron lui adressa un clin d'œil.

— Ne t'inquiète pas, nous allons te mettre au travail. Tu peux m'aider avec les tartes : à la mélasse, aux pommes, et peut-être même aux fraises si nous pouvons en trouver. La famille de Jen va les aimer.

— Nous allons avoir des tartes ? demanda David en souriant à cette pensée. Ce serait comme si nous étions à la maison.

— Alors, vous n'aviez pas de décorations, ni d'arbre ni de cadeaux, mais vous aviez des tartes ? demanda Lola. Difficile de se tromper avec des tartes.

— Nous faisions un grand festin, répondit Isaac. C'était ça le vrai Noël. Nous rendions des visites aux membres de la communauté, nous mangions du rôti, des tartes et des confiseries. Il y avait tellement de nourriture. À Noël et au Noël arménien aussi.

Les sourcils de Lola se froncèrent alors qu'elle dénouait d'un air triomphant des lignes de lumières et les passait à Aaron.

— Attendez, c'est quoi le Noël Arménien ?

— C'est le 6 janvier, répondit Isaac. Nous jeûnions le matin, et c'était plus… sérieux, je suppose. Mais nous avions toujours des tartes et un grand dîner plus tard.

— Au Noël ordinaire, David nous fabriquait toujours de petits jouets et les cachait sous nos lits, déclara Anna en lui adressant un sourire.

Elle déroulait une longue corde rouge et brillante qui était appelée guirlande selon l'emballage.

Aaron alluma la télévision et parcourut les chaînes.

— Voilà. Le parfait accompagnement pour le sapin de Noël.

David jeta un coup d'œil à l'écran. Il montrait

une énorme cheminée avec des bûches qui brûlaient, et… c'était tout. On entendait des clochettes tinter et une chanson de Noël. Il regarda Isaac, qui paraissait aussi confus que David.

— C'est… une émission ? demanda celui-ci.

— Ils la diffusent à Noël, chaque année, expliqua Aaron. C'est juste supposé être en arrière-plan.

— Hum, fit Isaac en inclinant la tête sur le côté. C'est plutôt agréable.

Une nouvelle chanson commença et il déclara :

— Oh, nous avons chanté celle-ci à l'église, la semaine dernière ! Tu te rappelles, David ? C'était vraiment amusant.

Son petit ami hocha la tête avec un sourire. Tandis qu'il enlevait le couvercle de la boîte d'ornements bleus, il fredonna « *Joy to the World* » avec Isaac. C'était un énorme changement par rapport aux hymnes allemands qu'ils chantaient à l'église Amish. Leur église unitarienne était tellement plus amusante, et ça ne dérangeait personne qu'Isaac et lui soient gays. David n'avait jamais pensé qu'il attendrait avec impatience les dimanches.

Ils mangèrent, rirent et chantèrent pendant qu'ils décoraient l'arbre de Noël. Quand ils finirent, il était couvert d'illuminations, de guirlandes vertes et argentées, et d'ornements étincelants. Aaron donna à Isaac l'étoile pour la mettre au-dessus du sapin, et ensuite, ils éteignirent les lampes du salon. Il faisait sombre, excepté la pâle lueur des réverbères à l'extérieur quand Aaron s'agenouilla pour brancher les lumières de l'arbre.

Le sapin s'anima tout à coup d'une multitude d'éclats colorés, rouge, vert, bleu, jaune et rose et l'étoile étincela au sommet de l'arbre. David ne put s'empêcher de haleter, et Anna claqua des mains pendant qu'Isaac souriait d'une oreille à une autre.

— C'est presque magique ! s'exclama Isaac.

C'était la chose la plus vaniteuse, et la plus étrangère que David n'ait jamais vue, et c'était juste là dans le salon. Dans la lueur colorée de l'arbre, il regarda son Isaac rire joyeusement, et c'était *magnifique*.

— SALUT, SOURIT Jen faiblement alors qu'elle entrait dans le salon avec sa blouse et ses chaussons.

Ses longs cheveux noirs bouclés étaient rassemblés en un nœud sur le sommet de sa tête, et elle bâillait largement quand elle remarqua l'arbre.

— Oh Mon Dieu ! Les gars, c'est magnifique ! J'adore !

Isaac sourit largement. Jen travaillait si dur, et il aimait la voir heureuse. Anna et Lola étaient parties avant qu'il ne se fasse très tard, et à présent, David, Isaac, et Aaron étaient affalés sur des fauteuils séparés. Jen se pencha sur son mari pour l'embrasser légèrement alors qu'il arrêtait le film qu'ils regardaient.

— Dure journée aux urgences ? demanda Aaron, frottant sa hanche.

— Une trop longue journée impliquant trop de gens qui ne mettent pas leur putain de ceinture de sécurité, répondit-elle. Mais je vois que vous avez été productifs, les gars ! Du travail solide.

Elle étira ses bras au-dessus de sa tête.

— Oh, ma mère veut s'assurer qu'Anna et les garçons viennent pour Noël. Je lui ai dit qu'ils ne manqueraient pas l'occasion de manger son poulet adobo.

— Nous ne manquerons jamais ça, répondit David.

Aaron sourit.

— Je les ai déjà régalés d'histoires sur le Noël philippin et les délices culinaires à découvrir.

— Très bien, je vais monter et regarder le dernier épisode du *Bachelor* ou quelque chose de tout aussi ridicule, déclara-t-elle en agitant la main alors qu'elle traversait le salon.

— Ton dîner est sur le comptoir. Fais-le juste réchauffer aux micro-ondes pendant une minute, lui lança Aaron.

David et Isaac se regardèrent. Puis celui-ci déclara à haute voix :

— Tu peux regarder ton émission ici, Jen. Ça ne nous dérange pas.

Elle passa sa tête par la porte.

— Ne t'inquiète pas, mon ange. J'ai besoin d'un peu de temps seule.

David fronça les sourcils.

— Mais...

— Ça ira, intervint Aaron en agitant vaguement la main et en appuyant sur la télécommande.

Le crissement des pneus sur la chaussée emplit la pièce alors que la police dans le film pourchassait les braqueurs de banque.

Baissant la voix, Isaac murmura :

— Mais c'est sa maison. Elle ne devrait pas aller à l'étage pour regarder la télévision.

— Elle *veut* aller à l'étage, insista Aaron. Tu l'as entendu… elle a besoin d'un peu de temps seule.

Jen passa dans le couloir avec son plateau et une cannette de bière.

— Bonne nuit, lança-t-elle.

Quand elle fut partie, David déclara :

— Elle a besoin de temps seule parce que nous sommes de trop.

— Quoi ? fit Aaron en secouant la tête. Non, c'est parce qu'elle est fatiguée et qu'elle a besoin de solitude. Si cela avait été juste moi ici, elle aurait fait exactement la même chose. Croyez-moi. Elle est entourée par des gens à l'hôpital, et elle a besoin de calme pour recharger ses batteries. Elle est extravertie et introvertie. Cela n'a rien à avoir avec vous, les gars.

— D'accord, dit Isaac, prenant note de chercher la définition des mots « extravertie » et

« introvertie », plus tard. Si tu en es certain.

— Positif.

Tandis qu'ils regardaient des voitures exploser et chuter d'un pont, Isaac n'arriva pas à se l'enlever de l'esprit. Il pouvait sentir la tension de David à côté de lui. Cela faisait un an qu'ils vivaient avec Aaron et Jen. Ces derniers ne leur avaient jamais fait sentir qu'ils dérangeaient, mais Isaac savait qu'ils seraient tous plus heureux s'ils vivaient séparément. L'autre jour, son petit-ami était arrivé à la maison avec une migraine. La ville était trop bruyante, et David aimait la paix et la tranquillité.

Isaac ne pouvait oublier la maison qu'ils avaient visitée la veille. Si seulement le loyer était moins cher, ils pourraient se le permettre. Elle n'était pas sophistiquée et il y avait beaucoup de choses qui devaient être réparées dans les deux maisons que Margery leur avait montrées. Isaac dressa une liste mentale de tout ce qui devrait être retapé si elles étaient ses maisons.

Puis il eut une idée.

Chapitre III

DU COIN DE l'œil, David vit Anna passer sa tête dans l'atelier. Il lui fit un signe de la main avant de retirer ses bouchons d'oreilles et tapota Isaac sur l'épaule, qui était penché sur une longue planche, sortant la langue alors qu'il se concentrait à définir les limites pour la couper. Isaac se redressa et retira ses propres écouteurs.

— Salut, Anna.

Elle grimaça tandis qu'elle entrait dans l'espace en béton et fermait la porte derrière elle.

— Waouh ! Est-ce toujours aussi bruyant ?

David hocha la tête d'un air mécontent.

— C'est de pire en pire, dit-il.

Le *boum boum* de la musique du voisin résonnait à travers le mur et semblait se réverbérer dans l'air comme une créature vivante. La plupart des autres garages au bas de l'allée entreposaient des voitures, mais il avait la malchance d'être près d'un homme qui réparait des machines en écoutant de soi-disant airs de musique les plus bruyants que David n'avait jamais entendus. Il lui avait demandé à plusieurs reprises de l'éteindre, et le jour d'après, cette même musique faisait inévitablement trembler les murs une nouvelle fois.

— Ce ne serait pas si mal si elle était agréable, ajouta Isaac. Je pensais que les chansons étaient supposées avoir des mélodies et tout ça.

Il prit son téléphone.

— Au moins, j'ai quelques bonnes chansons ici que je peux écouter, poursuivit-il. J'essaye d'étouffer celles du voisin.

David aurait voulu pouvoir le faire, mais cela le rendait tout aussi fou d'écouter de la musique hurler dans ses oreilles, alors il s'était contenté des bouchons. Même avec ces derniers, il pouvait quand même sentir le lourd rythme de la musique et l'entendre faiblement.

Anna enfouit ses mains dans les poches de son manteau rouge.

— Eh bien, j'espère que vous trouverez un

autre endroit bientôt.

Elle joua avec le bout de sa basket sur le sol, repoussant la sciure de bois en avant et en arrière.

— Alors…, fit-elle.

David serra les dents.

— Quoi ? Je connais ce ton. Qu'as-tu fait ?

— Rien ! s'exclama-t-elle en rougissant. Je le jure. Mais j'ai une faveur à vous demander. À tous les deux.

David et Isaac se regardèrent.

— D'accord, dit David.

Il attendit, les muscles tendus.

— Eh bien, je pensais que vous pourriez peut-être faire une pause de quelques heures et que nous pourrions aller faire du shopping ? Nous pourrions prendre le bus pour aller au centre commercial. J'ai besoin de votre aide pour trouver des cadeaux pour Aaron et Jen.

Elle leva les mains en signe de reddition.

— Je sais, je sais, nous ne sommes pas supposés dépenser notre argent pour des cadeaux, mais je veux vous offrir à tous un petit quelque chose et les envelopper dans du papier étincelant et les déposer sous l'arbre pour Noël. Et je sais que vous m'avez acheté quelque chose même quand nous avons dit que nous ne le ferions pas.

David et Isaac se jetèrent un coup d'œil.

— Comment le sais-tu ? demanda Isaac.

Elle eut un petit sourire satisfait.

—Je ne le savais pas vraiment, mais je l'ai deviné. Alors, allez-vous venir ? Lola ne peut pas m'accompagner et c'est Noël.

Avec un soupir, David accrocha sa scie sur son crochet sur le mur.

— Il n'y a que pour toi que j'irais au centre commercial pendant la période des fêtes.

Ils en avaient parlé aux informations ce matin, les informant à quel point c'était bondé.

ALORS QU'ILS ESSAYAIENT de se tracer un chemin à travers une foule de corps une heure plus tard en essayant de sortir de *Chez Macy*, David s'évertua à inspirer et à expirer longuement. Il n'avait pas eu de crise de panique depuis des mois, mais de la sueur humidifiait sa nuque et son cœur battait la chamade.

Il ne savait pas qu'il y avait tant de gens à San Francisco, sans parler de plusieurs d'entre eux entassés au même endroit, au même moment. Les chants de Noël emplissaient l'air, accompagnés du bourdonnement animé de la foule, des gens avec des visages désespérés et avides à la recherche de présents et allant d'un magasin à un autre.

— Ça va ? murmura Isaac, en prenant la main de David.

— Ouais, répondit celui-ci en expirant longuement. Il fait chaud ici.

Il tira sur le col de son pull.

— Je sais, dit Isaac, puis il lança. Anna, as-tu bientôt fini ?

— Presque, annonça-t-elle en souriant. Nous sommes en train d'expérimenter le Noël Anglais !

— Nous allons aux toilettes, l'informa Isaac, en tirant sur la main de David. Nous te retrouverons près du vendeur de bretzels qui se trouve là-bas.

— Isaac, je vais bien, protesta David, mais il laissa son petit-ami le diriger vers un couloir et à l'intérieur des toilettes qui étaient, à sa grande surprise, propres. Puisqu'il avait eu l'habitude d'utiliser des dépendances pendant des années, il ne devrait pas être exigeant, de toute façon.

Isaac le fit entrer dans une des cabines et le

plaqua contre la porte, l'embrassant doucement.

— Salut, souffla-t-il.

— Salut, expira David avec un sourire. Je vais bien, Isaac. Je ne vais pas paniquer. C'est bondé et bruyant, mais… je vais bien. Ce n'est pas comme au début, lorsque nous sommes venus ici, la première fois. Je peux le gérer.

— Je sais, dit Isaac en pressant leurs lèvres ensemble à nouveau. J'avais besoin d'une pause aussi. Reprenons notre respiration une minute.

David hocha la tête, reconnaissant, et pendant quelques minutes, ils se contentèrent de s'étreindre, respirant et expirant alors que des hommes entraient et sortaient. Le pouls de David ralentit et bientôt, il se sentit fortifié et prêt à retourner dans le centre commercial et à y faire face. Mais Isaac ne semblait en aucun cas pressé, alors quelle différence ferait quelques minutes de plus ? Il enfouit ses mains sous la veste d'Isaac, effleurant la peau du bas de son dos.

Frissonnant, Isaac l'embrassa à nouveau, glissant sa langue entre les lèvres de David. La porte extérieure des toilettes s'ouvrit, et ils s'embrassèrent pendant que l'homme se soulageait à l'urinoir. Quand ils furent seuls à nouveau,

David se mit à rire.

— Nous ne devrions pas faire ça, dit-il. Il y a trop de monde.

— Nous ne faisons rien, murmura Isaac en souriant.

— Quoi que… j'ai entendu dire que beaucoup d'hommes gays ont des relations sexuelles dans des toilettes comme celles-ci. Ils appellent ça « draguer ». Je ne sais pas pourquoi, mais ils le font.

David médita.

— Alors, tu me dragues, Isaac Byler ?

Le stress et la tension dus à la foule semblaient à des kilomètres de distance, ici dans leur petit coin privé.

Isaac sourit.

— Peut-être que je le fais. Tu es intéressé, David Lantz ?

Il descendit ses mains sur la taille d'Isaac, serrant son cul rond.

— Toujours, répondit David.

— Je suppose que nous ne devrions pas rester ici longtemps, supposa Isaac en se mordant la lèvre.

— Hmm. Je pense que non.

Leurs yeux étaient rivés l'un sur l'autre, et des frissons de désir envahirent David. Ils n'avaient plus à se cacher et à être silencieux pendant longtemps, et l'excitation fit bouillir son sang dans ses veines.

Apparemment, c'était également le cas d'Isaac.

— Peut-être que tu devrais me baiser ici. Contre le mur, murmura-t-il.

La voix d'un petit garçon retentit.

— Papa, je peux y aller seul ! Je suis un grand garçon !

— D'accord, tu peux le faire, dit un homme en riant.

Avec Isaac devenu rigide contre lui, David retint son souffle. Il sentit une rougeur se propager jusqu'au bout de ses oreilles alors qu'ils se regardaient avec horreur. Ils attendirent ce qui leur sembla être un très long moment pendant que l'enfant allait aux toilettes et se lavait les mains si minutieusement qu'il aurait pu être un médecin sur l'une des séries qu'on passait à la télévision.

Quand ils furent à nouveau seuls, ils éclatèrent de rire et sortirent rapidement de la cabine.

— Euh, nous finirons ça plus tard, à la maison, marmonna David pendant qu'il se lavait les mains.

Isaac hocha la tête avec vigueur, et plissa le nez.

— Draguer n'est pas aussi fascinant qu'on le dit, remarqua-t-il.

Arrivés près du magasin de bretzels, ils cherchèrent Anna des yeux, regardant les visages innombrables qui se précipitaient autour d'eux.

David fronça les sourcils.

— Elle devrait être là maintenant.

— Oh, là-bas ! s'exclama Isaac. Elle nous fait signe.

Ce dernier se dirigea vers le milieu de la foule où se dressait une jolie maison. Elle semblait être faite de pain d'épices, et au-devant, il y avait un homme en tenue de Père Noël assis sur un somptueux trône rouge.

— Faîtes vite ! C'est presque notre tour ! lança Anna en agitant la main dans leur direction.

Quand ils regardèrent la queue qui s'alignait derrière elle, ils hésitèrent.

— Ça va aller ! Je leur ai dit que je réservais votre place, poursuivit-elle.

Alors qu'ils rejoignaient la file d'attente, David regarda une petite fille grimper sur les genoux du Père Noël.

— Notre tour pour quoi ? demanda-t-il.

— Pour prendre des photos avec le Père Noël. Ils les développent là-bas. Nous pouvons faire deux poses, donc une avec moi sur ses genoux, et puis l'autre avec vous deux.

— Nous deux… sur ses genoux ? s'écria Isaac. Nous sommes trop lourds.

Une jeune femme habillée d'une petite robe rouge avec des bords blancs les fit avancer.

— Les adultes le font tout le temps. Le Père Noël peut le gérer. Allez-y, c'est votre tour !

Souriant largement, Anna bondit presque jusqu'à ce dernier et s'assit sur son genou. Ils eurent une conversation que David ne put entendre, puis ils sourirent largement devant le photographe. Puis la femme en rouge les poussa à monter les trois marches qui conduisaient au trône.

— Euh…, fit David en lui faisant un signe de la main. Salut.

— Ho, ho, ho ! Joyeux Noël ! s'exclama le vieil homme en tapotant ses cuisses épaisses. Asseyez-vous et dites-moi si vous avez été méchants ou gentils.

Le regard impuissant, ils obéirent, David se perchant aussi doucement que possible pour qu'ils n'écrasent pas le pauvre homme.

— Hum, nous sommes des gentils, répondit Isaac en rougissant.

— Votre sœur me dit que c'est votre premier Noël ici, à San Francisco.

— Oui, répondit David. De là où nous venons, Noël n'est pas comme ça.

— Et que voulez-vous que le Père Noël vous apporte ?

David et Isaac se regardèrent, et ce dernier répondit :

— Une maison serait super.

L'homme éclata de rire.

— C'est certain !

— Mais aussi longtemps que nous serons ensemble, nous n'avons besoin de rien d'autre, ajouta David.

— Seigneur, vous devriez postuler pour un job à la chaîne télévisée de Hallmark, les gars ! s'exclama le Père Noël en riant. D'accord, dites « ouistiti » !

Lorsqu'ils allèrent prendre leurs photos, vingt

minutes plus tard, David regarda les images d'une Anna souriant largement, et d'Isaac et lui, riant avec le Père Noël. À Zebulon, les miroirs n'étaient même pas permis, sans parler des photos. Il pouvait imaginer comment leurs parents fronceraient les sourcils, l'évêque et les prêcheurs agiteraient leurs doigts en les sermonnant sur ces choses vaniteuses, étrangères et pécheresses.

— Allons acheter des cadres pour ces photos, dit-il, prenant les mains d'Anna et Isaac dans les siennes et luttant contre la foule avec le sourire.

Chapitre IV

— J'AI TROP mangé, grogna Aaron alors qu'ils montaient les marches qui menaient à la maison de ville.

— C'est ça, Noël, bébé, dit Jen en grimaçant. Mais ouais, moi aussi. Ma famille pense que nous sommes tous trop maigres. C'est une bonne chose que je ne travaille pas pendant deux jours entiers. J'aurais besoin de ce temps pour digérer. Et nous n'avons même pas mangé de la dinde. Je propose que nous jetions tous les restes que mes tantes nous ont emballés, mais soyons francs : nous allons les manger pour le petit déjeuner.

Isaac sourit.

— Je suis certain que nous aurons de la place d'ici là.

Il était repu aussi, mais la nourriture avait été

si délicieuse.

Alors qu'ils enlevaient leurs chaussures dans l'entrée, Anna demanda :

— Avons-nous des cookies à laisser au Père Noël ? On m'a dit que c'était très important si l'on voulait des cadeaux sous l'arbre et de jolies choses dans les chaussettes. Apparemment, certains enfants reçoivent quelques morceaux de charbon ? Cela aurait été utile où nous vivions. Pas ici, cela dit.

Les chaussettes étaient accrochées sur l'étagère sous la télévision qui était suspendue sur le mur. Le tissu rouge et velouté de chacune d'elles portait leurs noms en lettres scintillantes, et peut-être que c'était stupide, mais cela faisait sentir à Isaac qu'il était spécial. Il savait que le Père Noël n'était pas réel, pourtant, l'idée de descendre le matin et de trouver plus de cadeaux sous l'arbre le fit sourire. Surtout lorsqu'il pensait à la surprise qu'il avait réservée pour David.

Tandis que les autres parlaient du Père Noël et ce qu'étaient exactement les bonbons dragées, Isaac sortit de la pièce et prépara soigneusement son cadeau. Puis il aperçut le courrier qui se trouvait sur la petite table de l'entrée, réalisant qu'il n'avait pas vérifié, la veille. Son cœur bondit pendant qu'il parcourait les prospectus et les quelques factures, espérant voir une enveloppe blanche et simple avec l'écriture éraillée et familière.

— Il y a quelque chose ? demanda David doucement, faisant sursauter Isaac.

Celui-ci essaya de garder la voix légère.

— Seulement si tu es intéressé par la vente de couches-culottes.

— Eh bien, pas encore. Un jour, peut-être, dit David en frottant le dos d'Isaac.

Un jour, peut-être. Mais comment pourraient-ils avoir un bébé ? L'adoption n'était pas facile, et qui savait…

— Que se passe-t-il ici ? demanda David en tapotant la tête d'Isaac.

Repoussant les inquiétudes inutiles du futur, Isaac reposa le courrier sur la table.

— Rien. Je suppose… je suppose que j'espérais une lettre de mes frères et de Katie. Ce serait agréable d'avoir des nouvelles d'eux.

Sans parler de ses parents, mais il savait qu'il valait mieux ne pas espérer du tout. Pourtant, cela faisait du mal.

— Je sais. Anna et moi n'avons reçu aucune lettre non plus, dit David en soupirant. Notre premier Noël sans eux. Cela semble impossible, quand même. Il y a une année seulement, nous vivions toujours à Zebulon, et toi et moi étions…

Frissonnant, il prit le visage d'Isaac dans ses mains et l'embrassa.

— Je suis si heureux que nous soyons ensemble.

— Moi aussi, murmura Isaac.

Durant le Noël dernier, ils ne se parlaient même pas, et Isaac n'avait jamais été aussi incroyablement malheureux.

— Nous ne pouvons pas contrôler ce qu'il se passe à Zebulon. Mais nous sommes ensemble, et nous avons Aaron, Jen, et Anna, et tous nos amis, dit-il en étreignant David. Nous avons tellement.

— Oui, renchérit ce dernier en se penchant en arrière. Tant que je t'ai, peu importe où nous vivons.

Le ventre d'Isaac papillonna… il pouvait le dire à David à présent. Il était minuit passé, après tout. Alors qu'ils préparaient les cookies et les verres de lait, tout le monde fut prêt pour aller au lit. Tandis que les autres montaient à l'étage, Isaac s'attarda dans le vestibule.

David se retourna.

— Isaac ?

Aaron avait laissé l'arbre allumé, et les lumières colorées venant du salon se propagèrent dans l'obscurité de l'entrée. Isaac indiqua les chaussures de David.

— Tu ferais mieux de vérifier là-dedans.

David sourit.

— Des bonbons ? Je suppose que je peux encore manger un morceau.

— Regarde et dis-moi.

S'accroupissant, David vérifia la chaussure vide en premier. Puis il enfouit sa main dans l'autre basket et sortit un porte-clés. Il était simple, d'une couleur argent puisqu'Isaac n'avait pas eu le temps d'en acheter un autre. Deux clés y étaient accrochées, et David se redressa alors qu'il les regardait.

— Des clés pour quoi ?

L'estomac d'Isaac se serra, et son cœur battit la chamade. Peut-être que ce n'était pas une bonne idée. David et lui avaient fait le pacte de prendre les décisions ensemble et il était allé de l'avant et avait fait ça sans dire un mot.

— Eh bien… c'est la clé de la maison, lâcha-t-il.

David regarda les clés dans ses mains.

— La maison de Dublin ? Avec le garage parfait et tout le reste ?

David regarda Isaac, bouche bée.

— Mais comment ? demanda-t-il.

Les paroles se bousculèrent dans sa bouche.

— J'ai appelé Margery et je lui ai demandé si nous pouvions travailler pour elle. Bricoler les maisons et en échange, payer moins de loyer. Si nous réparons l'autre maison avec l'appartement du sous-sol, elle pourrait augmenter le prix du loyer. Et nous pourrions l'aider avec sa propre maison aussi, puisque son mari ne peut plus faire les réparations.

— Combien est le loyer ?

— Deux mille deux cents dollars. J'avais demandé deux mille dollars, mais elle en voulait plus. Je pense que nous pouvons nous le permettre, David. Je le pense vraiment. J'ai pris l'argent de la Floride et un peu de notre compte joint. Je sais que j'aurais dû te le demander en premier, mais je voulais que ce soit une surprise pour Noël. Elle m'a dit que je devais seulement lui donner un mois de loyer à l'avance, et nous aurons un essai d'un mois pour voir si nous sommes tous satisfaits avec cet accord. Alors, si ça ne marche pas, nous pouvons toujours trouver un autre endroit.

Isaac s'arrêta de parler pendant que les battements de son cœur retentissaient dans ses oreilles.

David le fixait toujours.

— Elle est d'accord pour ne prendre qu'un mois de loyer seulement ?

Il rougit.

— Je lui ai dit que nous étions Amish, alors je suppose qu'elle pense que nous sommes dignes de confiance. Tu sais comment les Anglais sont. Ils pensent qu'un Amish ne mentirait jamais ni ne ferait de mauvaises choses.

— Nous pouvons emménager dans cette maison ? Quand ?

— Dès que nous le voudrons. Officiellement, c'est à partir du premier Janvier, mais elle m'a dit que nous pourrions nous y installer n'importe quand. J'ai pensé que nous pourrons voir comment les choses se passent avant que tu ne donnes ton préavis pour ton atelier en ville. Nous assurer d'abord que nous l'aimons.

— Isaac…

David ouvrit puis ferma la bouche.

— Tu es en colère ? J'aurais dû t'en parler ! Je voulais juste te faire une surprise et…

David l'embrassa durement, écrasant leurs bouches l'une contre l'autre alors qu'il rapprochait Isaac de lui. Ce dernier agrippa les bras de son petit-ami, et ils s'embrassèrent et, et s'embrassèrent jusqu'à ce qu'ils soient tous les deux haletants.

Isaac cligna des yeux.

— Tu n'es pas en colère ?

— *Eechel,* je t'aime tellement, dit David avec un large sourire.

Le petit surnom – « *gland* » dans leur dialecte allemand et Amish – réchauffait toujours Isaac de l'intérieur.

— Je t'aime aussi, mon David.

— Oh, Isaac, je ne peux pas le croire ! J'aurais voulu aller voir la maison toute de suite, et commencer à planifier.

Isaac sourit.

— Et la première chose que nous devons planifier, c'est à quoi ressemblerait notre lit.

— Eh bien, au fait….

David s'interrompit en prenant son petit-ami par la main et en le conduisant vers les baies vitrées qui s'ouvraient sur l'étroit jardin.

Les pierres de la terrasse étaient froides sous les chaussettes d'Isaac, mais il ne s'en soucia pas alors qu'il remarquait une bâche cachant quelque chose près de la barrière.

— C'est quoi ça ?

Se mordant la lèvre, David tira sur la bâche. Isaac plissa les yeux dans l'obscurité, la lueur de la lune n'éclairant pas grand-chose. Il s'approcha, tendant la main pour faire courir ses doigts sur le papier bulle en plastique. Il y avait de larges morceaux de bois qui étaient soigneusement enveloppés, et tandis qu'il essayait de comprendre leur forme, il réalisa que le plus grand bout de bois sous sa main était une colonne de lit.

— David ! C'est… as-tu… ? balbutia Isaac alors qu'il restait bouche bée. Est-ce notre lit ?

— Je sais que nous avions dit que nous allions le concevoir ensemble, mais je voulais te surprendre, et je pense que je sais ce que tu aimes.

— Nous avons dit : pas de cadeaux, le taquina-t-il. Où sont passés les gants ?

— Je pense que le Père Noël les a mis dans tes

chaussettes. En plus, tu n'as pas respecté notre accord non plus, ajouta David en balançant les clés sur son doigt.

— Ouais, mais c'est pour nous deux.

Isaac fixa le cadre de lit. Bien que ce soit difficile à dire avec certitude dans le noir, il semblait être fait du merisier sombre qu'Isaac aimait tant. Sa respiration se bloqua dans sa poitrine quand David se pressa contre lui, par-derrière, ses bras entourant la taille d'Isaac.

— C'est pour nous deux aussi, murmura-t-il, son souffle chaud provoquant un frisson dans la colonne vertébrale d'Isaac. J'ai hâte de te prendre dans ce lit.

La bouche d'Isaac s'assécha tandis que son corps le brûlait.

— Euh… oui. Ce serait bien. Faisons ça, maintenant.

David se mit à rire, serrant Isaac plus fort.

— Il est prêt à être assemblé, mais je suppose que nous devrons attendre jusqu'à ce que nous emménagions, dit-il.

— Comment l'as-tu ramené ici ? Quand ?

— Ce matin. J'y ai travaillé non-stop quand tu n'étais pas à l'atelier. Notre voisin bruyant a été étonnement utile et m'a laissé stocker les pièces de meubles là-bas. Je lui ai emprunté un pick-up aussi, répondit David en sortant une feuille de papier de sa poche. Et là... voilà à quoi il va ressembler.

Isaac s'avança, ses pieds nus marchant sur les pierres glacées tandis qu'il jetait un coup d'œil au dessin représentant un lit en bois avec une tête de lit incurvée, des lattes serpentantes la surface et des pommeaux ronds sur chaque poteau.

— Je... waouh... waouh !

David retourna Isaac dans ses bras, un froncement de sourcils cillant son front.

— Était-ce la mauvaise chose à faire ? Si tu n'aimes pas, si ce n'est pas ce que tu as imaginé, je peux le vendre, et nous en fabriquerons un autre.

— Ne t'avise pas de vendre mon lit !

Isaac prit en coupe la joue de David, son chaume rugueux sur sa paume alors qu'il l'embrassait.

— C'est parfait, juste parfait.

David posa son front sur celui de son compagnon.

— J'aurais voulu que nous puissions voir la maison maintenant. Il y a tellement de choses à faire.

Le pouls d'Isaac battit plus vite.

— Pourquoi pas ? Tu as ton permis, à présent, et Aaron a dit que nous pouvons emprunter sa voiture n'importe quand. Les routes seront plus calmes maintenant. Nous serons là-bas en un rien de temps. Je vais laisser un mot, mais nous serons de retour très vite.

Hochant la tête, les yeux de David brillèrent.

— Allons voir notre nouvelle maison.

LA SEULE FOIS où David avait vu la ville si calme était quand Isaac et lui étaient arrivés en bus du Minnesota au milieu de la nuit. Ce soir, il n'y avait aucun brouillard alors qu'il conduisait sur les rues silencieuses, et même l'autoroute semblait vide. Les lumières de Noël étincelaient des maisons et des entreprises, et Isaac trouva une station radio jouant des chants de fête.

Alors qu'ils approchaient Dublin, « *Douce Nuit* » emplit la voiture, et quelques flocons de neige tombèrent, fondant rapidement sur le pare-brise.

« *Dans les cieux, l'astre luit.* »

Isaac avait ouvert la carte sur son téléphone, et David suivit ses instructions tranquillement. Quand ils se garèrent dans l'allée vide, il éteignit le moteur et ils regardèrent la maison en silence pendant qu'une chanson sur un bon roi passait.

— J'ai rêvé de partager une maison avec toi, murmura Isaac. Que nous allions travailler ensemble dans la grange, déjeuner dans notre cuisine, et dormir dans notre propre lit, la nuit, en sécurité et au chaud ensemble sous une jolie couverture. Et je sais que ce ne sera pas vraiment comme ça, mais ce sera la nôtre, David. Du moins, pour le moment.

David fit déglutir difficilement la boule dans sa gorge. Il prit la main d'Isaac dans la sienne.

— J'en ai rêvé aussi. Qui aurait pensé que nous finirions ici ?

Isaac serra ses doigts.

— Parfois, ça me manque. *Ils* me manquent, surtout. Mais avoir ça avec toi en vaut la peine, dit-il, alors qu'un sourire éclairait son visage. Viens.

David avait mis les clés dans sa poche, il fut donc celui qui ouvrit la porte et entra timidement.

Le parquet craqua sous ses baskets.

— Où est la lumière ?

Isaac passa devant lui.

— Attends, ferme les yeux, ordonna-t-il.

Il obéit.

— D'accord. Ouvre.

Un petit halètement s'échappa des lèvres de David. Quelqu'un avait accroché des lumières de Noël sur l'entrée et dans la salle à manger, passant par le couloir jusqu'à la cuisine.

— Quand ?

— Anna m'a aidé ce matin, répondit Isaac en fermant la porte derrière son petit ami avant de froncer les sourcils. Oh, ne bouge pas !

— Quoi ? demanda David en baissant le regard sur ses pieds, mais ne voyant rien d'étrange.

Isaac fronçait toujours les sourcils.

— C'est là-haut.

Rejetant la tête en arrière, David jeta un coup d'œil au plafond. Il y avait un éclairage doré installé au-dessus de lui, avec quelque chose qui y était suspendu. Une branche ? Des baies ?

— Qu'est-ce que c'est ?

— Je pense que c'est appelé un gui, répondit Isaac, un léger sourire relevant ses lèvres.

— Oh, comme dans ce film ?

David réalisa à quoi son compagnon jouait et essaya de cacher son propre sourire. Il s'éclaircit la gorge.

— C'est une tradition Anglaise très sérieuse, d'après ce que j'ai compris. Si tu te retrouves sous le gui, tu dois embrasser quelqu'un ou il y aura des conséquences fâcheuses.

Isaac hocha la tête d'un air grave.

— Très fâcheuses. Autant ne pas prendre le risque.

Leurs nez se heurtèrent dans la lumière tamisée, et ils se mirent à rire, leurs lèvres se rencontrant et se taquinant. David colla leurs fronts l'un contre l'autre.

— Nous devrons avoir ce gui pendant toute l'année.

— Mmm, fit Isaac en baissant la tête et en suçant la peau sensible du cou de David alors que ses mains vagabondaient sur son corps.

— Isaac, nous sommes dans l'entrée. Ne devrions-nous pas d'abord regarder le reste de la…

David s'interrompit quand Isaac prit en coupe son membre à travers son jean. Il gémit.

— Mais elle ne va nulle part, poursuivit-il.

— Je pense que je ferais mieux de t'embrasser encore. Juste pour m'assurer que nous avons fait honneur au gui.

— Nous ne sommes jamais trop prudents. Ça nous porterait malheur, renchérit-il.

Il essaya de capturer la bouche d'Isaac, mais celui-ci se laissa tomber à genoux. Il déboutonna le jean de David pendant qu'il le regardait à travers ses cils, et le cœur de ce dernier bondit.

— Ce serait mieux de t'embrasser à plusieurs endroits, murmura Isaac.

— C'est la tradition.

— Ouais. C'est exactement ce que les Anglais font sous le gui.

Le souffle d'Isaac effleura son aine tandis qu'il libérait son membre.

David frissonna et fit courir son pouce sur les lèvres de son compagnon.

— Si beau, souffla-t-il.

Isaac le prit dans sa bouche, tenant les hanches de son petit ami et suçant doucement. Ce dernier se pencha en arrière, s'adossant contre la porte d'entrée, gémissant quand Isaac le prit plus profondément. De là où il se tenait, David pouvait presque voir toute la petite maison, éclairée par de petites lampes colorées. Les deux chambres étaient sombres au-delà de leurs portes ouvertes, et il y avait tellement de choses à planifier.

David cogna sa tête contre la porte tandis qu'Isaac suçait plus fort et caressait ses boules. Celui-ci lécha et taquina, et David fit courir ses doigts dans les cheveux de son compagnon agenouillé. Dans le calme du petit matin éclairé par une lueur colorée, David pensa qu'il devait être en train de rêver. Parfois, le fait qu'il soit si chanceux ne lui semblait pas réel.

Leur vie à Zebulon paraissait à des années-lumière. Il n'avait jamais cru qu'il serait capable de partir... n'avait jamais cru qu'il serait en mesure d'aimer Isaac ouvertement. Cela n'avait pas été facile, mais ils se trouvaient dans leur *propre maison*. Cela importait peu qu'elle ne leur appartienne pas, où que ce ne soit pas là qu'ils passeraient le reste de leur vie. Pour l'instant, c'était parfait.

Il sourit entre les gémissements de plaisir qui s'échappaient de ses lèvres. Il espérait que tous les Noëls Anglais seraient aussi magiques.

Isaac blottit son visage contre les boules de

David tandis que celui-ci caressait ses cheveux, une vague de pure affection l'envahissant. Il ne lui fallut pas longtemps pour jouir dans la gorge d'Isaac avec un cri qu'il n'étouffa pas cette fois-ci. Quand son amant se redressa, David l'embrassa profondément, se goûtant lui-même.

Isaac se pencha en arrière.

— Viens, allons voir notre maison.

Mais David fit pivoter Isaac, le plaquant contre la porte d'un baiser langoureux avant qu'il se laisse tomber à genoux à son tour.

— Ça peut attendre, dit-il en pointant son doigt vers le gui. Ce sera notre tradition.

Alors qu'il prenait le membre d'Isaac entre ses lèvres, le rire de celui-ci se transforma en cris de plaisir qui résonnèrent dans les chambres vides, qui seraient bientôt remplies par tant d'amour.

Fin

À propos de l'auteur

Keira cherche le parfait mélange de personnages, d'intrigue et de fougue dans ses romances MM. Elle écrit de tout, des pirates flamboyants aux escapades bouillantes et émouvantes. Ses sujets préférés sont les ennemis qui deviennent amants, la différence d'âge, la proximité forcée, et les vierges passionnés. Bien qu'elle aime une angoisse délicieuse en cours de route, Keira garantit les fins heureuses !

Découvrez plus sur son site :
keiraandrews.com